CW01655334

TEO'NUN
KAKA KİTABI

Yazarlar:

Yağmur Artukmaç ve **Psikolog Pınar Çakır**

Resimleyen:

Nurbanu Asena

1. Basım 2014

77. Basım
Nisan 2023

ISBN 978 - 975 - 22 - 0522 - 2

Yayıma Hazırlayanlar: Biray Üstüner - Argun Tozun

Madalyon Psikiyatri Merkezi tarafından onaylanmıştır. Anne ve babalara önerilir.

BİLGİ YAYINEVİ • 8234
Meşrutiyet Cd., No: 46/A, Yenişehir 06420 / ANKARA
Tlf.: (0-312) 434 49 98/ 434 49 99/ 431 81 22 • Faks: (0-312) 431 77 58
www.bilgiyayinevi.com.tr • info@bilgiyayinevi.com.tr
Sertifika No: 15033

Baskı ve Cilt: Emsal Matbaa Tanıtım Hiz. San. ve Tic. Ltd. Şti.
Bahçekapı Mah., 2477. Cd., No: 6 Etimesgut / ANKARA
Tlf.: (0-312) 278 82 00 • Faks: (0-312) 278 82 30
Sertifika No: 46753

Teoman çöp kamyonuyla oynamayı çok seviyordu.
Kaplumbağası Kâmil'in her oyunda mutlaka bir görevi vardı.
Bu oyunda da çöpçü olmuştu.

Oyun oynarken Teo'nun tuvaleti geldi. "Off yine geldi" diye düşünerek etrafına bakındı ve koltuğun arkasına doğru yürüdü.

Teo koltuğun arkasına saklandı, kakasını bezine yaptı.

Annesi yemek pişirirken, onun yanında oyun oynamaya devam etti.
Annesi onun kaka yaptığını anlamıştı.
"Teo'cuğum, hadi gel bezini değiştirelim" diyerek Teo'nun elinden
tuttu. Beraber bez değiştirmeye gittiler.

"Teo'cuğum sen artık büyüyorsun, kakanı tuvalete yapabilirsin.
Bundan sonra tuvalete yapmayı deneyelim mi?" diye sordu annesi.
Teo, "Yok ben daha büyümedim, ben bezime yapacağım"
diye cevap verdi.

Teo, annesiyle birlikte parka gitti. Pırıl pırıl güneşli bir gündü. Kaydıraklar, salıncaklar, tırmanma barları ve en sevdiği arkadaşları Zeyno ile Ati onu bekliyordu.

Teo arkadaşları ile parkta çok eğlendi.

Kaydıraktan kaydılar, tırmandılar, salıncakta sallandılar.

Zeyno parkta annesiyle birlikte tuvalete gitti, bu durum Teo’nun çok hoşuna gitmişti, zaten Zeyno ne yapsa bayılıyordu.

Bu sırada Ati bezine kaka yapmıştı.

Zeyno, “Püfff, bu koku kaplumbağadan mı geliyor? Kaka mı yaptı acaba? Hadi başka oyuncağa gidelim” diyerek salıncaklara koştu.

“Hayır ben yapmadım, Ati yaptı” diye kendi kendine öfkelendi Kaplumbağa Kâmil. Ati kıs kıs gülüyordu. Bu arada çocukların eve gitme zamanı gelmişti.

Teo eve dönünce tuvalete kâğıt atıp sifonu çekti. Kâğıtlar suyla gidince çok şaşırmıştı. "Kakalar nereye gidiyor anne?" diye sordu.

Annesi, “Sifonu çektiğimizde, kakalar evimizin içindeki borulardan geçer, herkesin evinden gelen kirli sularla birleşir ve kanalizasyona gider” diye anlattı. “Yani Zeyno’nun kakalarıyla benim kakalarım borularda buluşuyor mu?” diye sordu Teo. “Eveeet, çok komiksin Teo...” diye güldü annesi.

Teo akşam babasıyla oyuncak arabalarla oynarken, oyunun en heyecanlı yerinde kakası geldi ama oyunu bırakamadı. “Baba kaka yapmasak olmaz mı?” diye sordu.

Babası ona bu konuda bir kitap okumaya karar verdi.

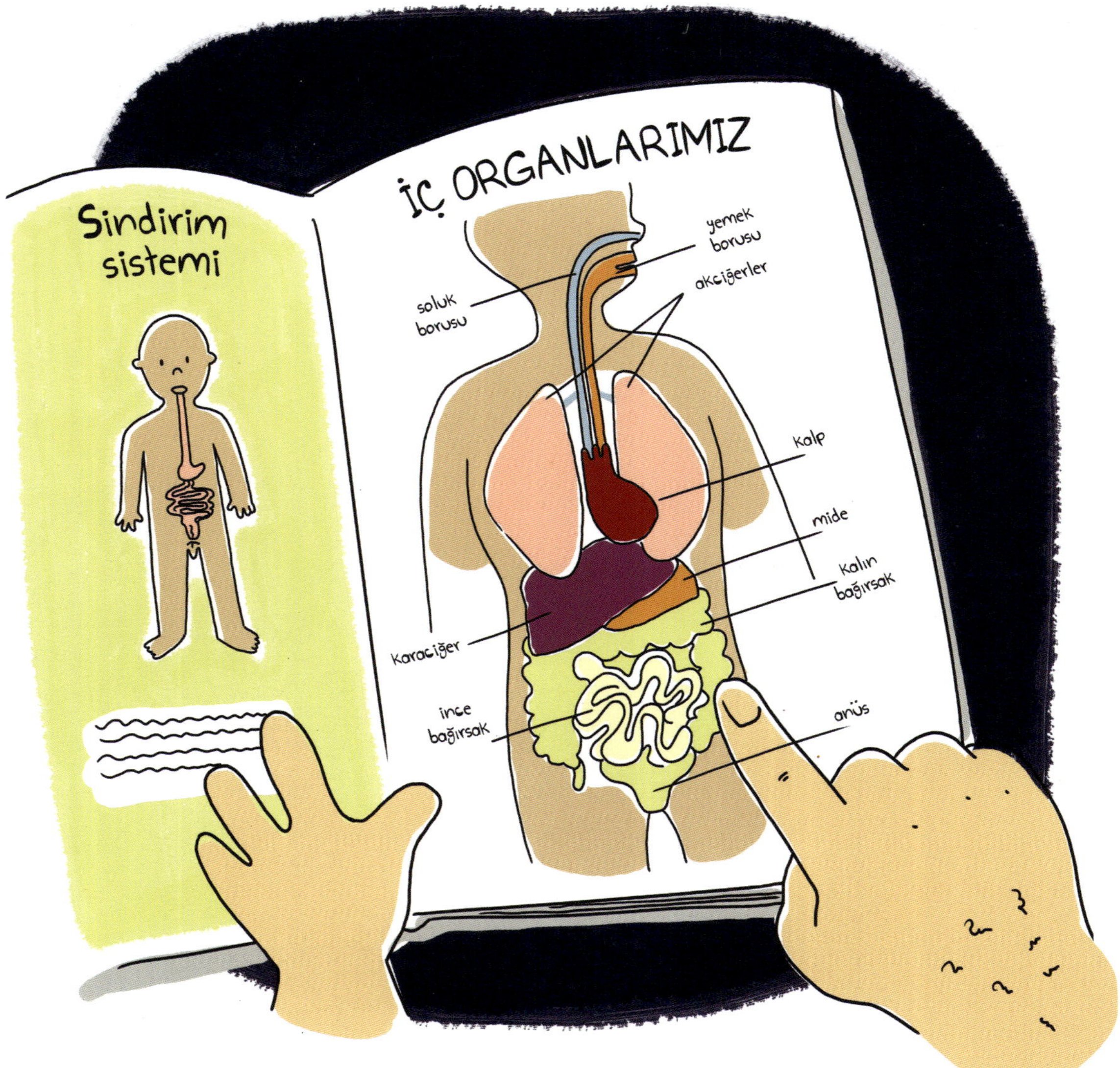

"Bak Teo'cuğum, biz yemek yediğimizde, yemekler yemek borumuzdan geçer, midemize gelir, burada çorba gibi olurlar ve bağırsağımıza inerler."

"Bağırsağımızda vitaminler kanımıza geçer, bütün vücudumuzu besler, bizi güçlü yapar. Geriye, işe yaramayan kakalar kalır" diye anlattı babası. Teo kendini çok güçlü olarak hayal etti, pelerini ve kaslı vücuduyla müthiş görünüyordu; ama hâlâ bezi vardı.

Teo, "Bütün bunları ben yapmıyorum ki!" diye şaşırdı. "Aslında kakayı bağırsağın yapıyor. Sen işe yaramayan kakaları tuvalete göndererek, yeni kakalara yer açarsın ve bağırsağına yardım edebilirsin" diye açıkladı babası. Teo, "Yardım etmezsem ne olur? "diye sordu.

"O zaman kakalar
bağırsağında
sıkışır ve
sertleşir, seni
rahatsız eder ve
karnını ağrıtır"
diye anlattı
babası. Bu sırada
annesi akşam
yemeği için onları
sofraya çağırdı.

Yemekten sonra
Teo'nun yine kakası gelmişti.

Annesi ile birlikte
tuvalete gitmek istedi.
"Ya tuvalete düşersem anne?" diye endişelendi.
"İstersen tuvaletin üstüne, senin için aldığımız
küçük kapağı koyabiliriz" dedi annesi.

Teo biraz bekledikten sonra kakasını tuvalete yapmayı başardı,
artık karnı ağrımıyordu ve çok rahattı.

Teo çok mutlu olmuştu. Sifona bastı ve el salladı.
Sevinç dolu sesleri duyan babası da yanlarına geldi.

Babası Teo'yu
havalara atarak
bağırdı, "Aferin
oğluma."
"Baba biliyor
musun, Zeyno'nun
kakalarıyla
kakalarımız
buluştu" diye güldü
Teo.

Anne Babalara Öneriler:

Sevgili Veliler,
Hikâyeler, çocuğunuz belki de daha doğmadan önce sizin sesinizden duyduğu ve büyürken ona eşlik eden sihirli bir dünyadır. Bu dünya ile çocuklar öğrenir, çözüm yolları keşfedebilir. Bu kitapla birlikte tuvalet eğitimi konusunda zevkli bir serüvene katılabilirsiniz. Ayrıca bu hikâyeyi örnek alarak çocuğunuzun ilgi ve ihtiyaçlarına, yaşadığı olaylara özel hikâyeler uydurarak yenilerini yaratabilirsiniz. Hikâyelerin içine çocuğunuzun takip edebileceği çözüm yolları ekleyebilirsiniz, böylece çocuğunuz oyuna benzer bu yöntemle, sürece daha zevkle katılabilir.

Ne zaman başlanmalı?

Tuvalet eğitiminin başlamasında kesin bir yaş yoktur. Çocuklar genellikle 18-30 ay aralığında tuvalet eğitimi almaya hazırdır. Başlamak için anne babanın çocuğa daha çok vakit ayırabileceği günleri seçmek uygun olabilir. Başlayıp bırakmak çocuğun tuvalet eğitimi sürecini olumsuz etkileyecektir. Ayrıca okul başladığında, kardeşin doğumu yaklaştığında, ev taşıyacağınız zaman, olumsuz bir olay yaşadıktan hemen sonra, uzun tatile çıkmadan önce eğitime başlamak işinizi zorlaştırabilir.

Hazır olduğunu nasıl anlayacağım?

Çocuğunuzun tuvalet eğitimi için hazır olup olmadığını anlamak için birkaç ipucundan yararlanabilirsiniz.

- Öğle uykusundan genellikle kuru kalkıyorsa,
- Bezi ıslandığı zaman rahatsız oluyorsa,
- Çişi ya da kakası geldiğini fark edebiliyorsa,
- Tuvalete gitmeye istekliyse ve korkmuyorsa,
- Kısa yönergeleri anlıyor ve uygulayabiliyorsa,

tuvalet eğitimi için hazır olduğunu düşünebilirsiniz.

Nasıl başlamalı?

Çocuğunuzun tuvalet eğitimine başlamadan önce hazır olduğuna dair sinyalleri izleyin. Bazı çocuklar tuvalet ihtiyacı olduğunda duvar kenarında ya da koltuk arkasında sessizce dururken, kimileri eliyle bezini işaret edebilir. Benzer sinyaller gelmeye başladığında bezini değiştirirken "Çiş yapmışsın"-"Kaka yapmışsın" gibi ifadeler kullanarak tanımlamalar yapabilirsiniz. Klozete oturmaya korkuyorsa, çocuğunuzun bezine yaptığı kakaları beraber tuvalete dökebilir, sizi izlemesini sağlayabilirsiniz. Böylece kakaların nereye gittiğini de görebilirler.

Lazımlık ile başlamak birçok çocuk için kolay olurken kimileri de klozete takılan bir aparat ile rahat edebilir. Klozet ya da lazımlığın yanına oyuncaklar koymak, sevdiği kitabı bırakmak, ortamı onun ilgisini çekecek şekilde düzenlemek işe yarayabilir.
Kaka ya da çişini yaptıktan sonra "Aferin, kakanı yaptın!" gibi cümlelerle onu övebilirsiniz ya da birlikte alkışlayabilirsiniz. Lazımlığı tuvalete boşaltmayı ya da tuvaletin sifonunu çekmeyi birlikte oyun haline getirebilirsiniz.

Neler yapılmamalı?

- Çocuğunuz tuvalet eğitimi sürecinde kaza ile ya da özellikle başka yere çişini kakasını yaptığında kızmamalısınız.
- Başlangıçta klozete oturması konusunda ısrarcı olmamalısınız, kakasını yaptığında sıçrayan sudan, klozetin içine düşmekten korkuyor olabilir.
- Kakanın çok pis olduğunu, çok pis koktuğunu vurgulamayınız.
- Zor çıkarılabilir giysiler giydirmeyiniz. Kolay giysileri kendi çıkarıp tuvalete gidebilir.
- Bu yaş grubundaki çocuklara göre "kaka"ları en kıymetli ürünleridir. Bu nedenle çocuğunuz kakasını görmek isteyebilir, ona veda ederken zorlanabilir, kendine ait bir parça kaybolacak, kendi ürettiği hazinesi gidecek diye düşünebilir. Çocuklar ayrılık kaygısı, bırakamama ve ayrılamama duyguları nedeniyle kakalarını tutabilirler. Bu sebeple kaka yapmadıkça, dışkıları sertleşip canlarını acıtabilir. Muayene veya lavman onları korkutmuş olabilir. Çocuğunuzun duygularını anlamaya çalışın ve bu konuda onu zorlamayın.

Ne zaman uzmana başvurulmalı?

Her çocuk kendi gelişim hızında bu süreci tamamlayacaktır. Ebeveynin sabırlı olması, onu cesaretlendirmesi çok önemlidir. Çocuğunuzun tuvalet eğitiminde danışmanlık almak için bir psikoloğa danışabilirsiniz. Eğer çocuğunuz 4 yaşını doldurduğunda hâlâ işler yolunda gitmiyorsa, önce çocuk doktorunuzla görüşüp olası sıkıntıları (boşaltım sistemi sorunları, enfeksiyon...) eledikten sonra bir psikologla görüşebilirsiniz.